Jorge Semprun
Elie Wiesel
Schweigen ist unmöglich

Aus dem Französischen
von Wolfram Bayer

Suhrkamp

Der nachstehende Text ist die ungekürzte Transkription der am 1. März 1995 von ARTE ausgestrahlten Sendung *Entretien entre Elie Wiesel et Jorge Semprun* (Konzept: Klaus Wenger und Laurent Andres, Gestaltung: Stéphane Loison).

edition suhrkamp 2012
Erste Auflage 1997

Suhrkamp Taschenbuch Verlag
Deutsche Erstausgabe

Satz: Hümmer GmbH, Waldbüttelbrunn
Druck: Books on Demand, Noderstedt
Printed in Germany
Umschlag gestaltet nach einem Konzept von Willy Fleckhaus: Rolf Staudt
ISBN 978-3-518-12012-5

4 5 6 7 8 9 – 14 13 12 11 10 09

Schweigen ist unmöglich

Jorge Semprun: In einer Passage deiner *Mémoires*, als du von dem Aufruhr erzählst, der in Buchenwald nach der Evakuierung von Auschwitz herrschte, meinst du – dort zitierst du mich und beziehst dich auch auf Gespräche, die wir erst später, viel später gehabt haben –, wir hätten nicht dieselbe Erfahrung des Lagers gemacht, wir hätten nicht dasselbe Lager erlebt. Das ist absolut richtig. Vielleicht sollten wir uns zu Beginn ganz einfach über diese Unterschiede unterhalten, und zwar nicht nur über unsere unterschiedlichen Erfahrungen in ein und demselben Lager, nämlich Buchenwald im Januar, Februar, März 1945, sondern auch über die allgemeineren Unterschiede zwischen den einzelnen Lagern. Im Archipel der nationalsozialistischen Konzentrationslager gab es viele Unterschiede. Ich schlage vor, wir gehen davon aus, von diesen unterschiedlichen Erfahrungen.

Elie Wiesel: Gut, da ist zunächst Auschwitz. Das Todeslager. Das Totenlager. Buchenwald war ja, wie du weißt, trotz allem ganz anders, politisierter, zumindest am Anfang politischer. Für uns hätte Buchenwald also ein ganz anderes Lager sein müssen. Und was uns betrifft, das kleine Lager also, das innerhalb des Lagers lag, war fast wie Auschwitz, außer daß es dort keine Gaskammern gab. Natürlich gab es im Universum der Konzentrationslager auch Lager, die ein bißchen besser, ein bißchen anders waren als die anderen. Ihre Namen waren uns bekannt, und ich erinnere mich, daß wir sogar in Auschwitz die Namen Sachsenhausen, Ravensbrück und Bergen-Belsen gehört haben. Von Auschwitz aus gesehen mußte Buchenwald als das bessere Lager erscheinen. Das war es aber nicht.

J. S.: Das NS-System hatte für jedes Lager einen besonderen bürokratischen Status vorgesehen. Es ist schon grauenhaft, wenn man die Dokumente liest. Wie sie sie selbst klassifiziert haben. Die NS-Hierarchie hatte die Lager nach der Umerziehbarkeit der Häftlinge klassifiziert. Die Juden galten natürlich nicht als umerziehbar. Sie sollten ausgelöscht werden. Das ist bereits die erste dieser Klassifizierungen.

E. W.: In Auschwitz waren eben die, nicht wahr, die zur Umerziehung vorgesehen waren: die Homosexuellen. Buchenwald war aber im Gegensatz dazu ein politisches Lager. Umerzogen werden mußten vor allem die Deportierten, die Häftlinge. Wir Juden waren da, um zu sterben.

J. S.: Absolut.

E. W.: So wie sie da waren, um zu töten, waren

wir da, um zu sterben. Und Buchenwald, unser Lager, war genau dazu da. Und jedes Mal, wenn wir beide uns trafen, fragte ich mich: Was genau hast du erlebt, und was habe ich erlebt? Das war ganz sicher nicht ein und dasselbe.

J. S.: Nein, denn in Buchenwald gab es ja zwei Lager, das große Lager und das Quarantänelager oder kleine Lager, das es etwa bis 1944 gegeben hat, bis zu dem Zeitpunkt also, als die Deutschen den Krieg bereits praktisch verloren hatten. Und da verschlechterten sich die Lebensbedingungen in den Lagern rapide, auch in den Arbeitslagern und nicht nur in den Vernichtungslagern. Dieses kleine Lager war ein Durchgangslager, ein Quarantänelager; man wurde durchgeschleust, um anschließend in die Maschinerie der Buchenwalder Kriegswaffenproduktion integriert zu werden, in die Fabriken usw., oder aber man wurde anderen Arbeitskommandos oder anderen Lagern zugeteilt. Von diesem Zeitpunkt an ist aus dem kleinen Lager ein ständiges Lager geworden. Man blieb dort.

E. W.: Man blieb dort …

J. S.: Man blieb dort, um zu sterben.

E. W.: Um zu sterben.

J. S.: Und es hatte ab diesem Zeitpunkt, und vor allem ab dem Eintreffen der überlebenden Juden aus Auschwitz tatsächlich viele Gemeinsamkeiten mit bestimmten Lagern des Komplexes Auschwitz-

Birkenau, auch ohne Gaskammer, schon durch die Lebensbedingungen, die dort herrschende Brutalität und mangelnde Hygiene, durch das Zusammengepferchtsein auf engstem Raum. Und das war für uns entscheidend, da wir erst nach eurer Ankunft und der Ankunft anderer Häftlinge aus anderen polnischen Lagern – wir wußten vom Hörensagen, daß die polnischen Lager noch schlimmer waren – konkrete Nachrichten bekamen. Aus Erzählungen und Diskussionen mit einigen von euch erfuhren wir, was das war. Und wir erfuhren, daß es noch einen Kreis der Hölle gab, einen noch abgründigeren und furchtbareren Kreis.

E. W.: Das war unser Kreis der Hölle. Für uns hat das alles ein wenig früher begonnen. Buchenwald schon im August. Wir räumten das Lager am 18. Am 19. stiegen wir in den Zug, offene Waggons, es schneite. Wir waren einige Tage unterwegs. Und diese Reise ist mir bis heute gegenwärtig geblieben. Ich erinnere mich, es war Nachmittag, als wir in Weimar ankamen. Wir wußten nicht, wo wir waren. Es schneite. Es gab bereits Tote. Viele Tote in den offenen Waggons. Ich war mit meinem Vater zusammen. Und plötzlich wurden wir verrückt. Wir hatten jeder drei Decken, wir waren verzweifelt. Wir wurden verrückt. Und wir begannen, ein Gebet zu schreien. Das Gebet, das normalerweise am Ende des Jom Kippur gesprochen wird, am Versöhnungstag, »Gott ist Gott«. Wenn ich jetzt daran denke, kann ich es immer noch nicht glauben. Es war eine Art Abschied vom Leben, Abschied von der Welt. Wir würden sterben. Das wußten wir. Wir würden sterben. Jeder wußte es. Jeder sagte es sich. Und wir wiegten uns gemeinsam hin und her wie früher, als ich noch ein Kind war, in der Synagoge. Gott ist Gott. Wir waren verrückt geworden. Dann hielt der Zug in Weimar. Und plötzlich erfuhren wir von anderen Deportierten, daß Buchenwald sich weigerte, uns aufzunehmen. Das Lager war überbelegt. Wir achteten gar nicht darauf. Gott ist Gott. Wir schrien: »Gott ist Gott«. Wir wurden trotzdem aufgenommen. Ich erinnere mich noch, es war bereits Nacht. Endlich eine Dusche. Du erzählst davon in deinem Buch, ich in meinem. Und dann ins kleine Lager. Für mich war das kleine Lager am Anfang fast schlimmer als Auschwitz.

J. S.: Ich kam ab Herbst 1944 ins kleine Lager, um Freunde, bestimmte Personen zu besuchen, die zum Beispiel in der Invalidenbaracke waren, in der Baracke 56. Halbwachs, der mein Lehrer an der Sorbonne gewesen war, und Maspero, der Vater von François Maspero, der auch ein großer Orientalist war. Und wir sahen, welche Lebensbedingungen im kleinen Lager herrschten. Sie verschlechterten sich rapide.

E. W.: Ende Januar. Ich erinnere mich, daß man uns vor der großen Quarantänebaracke mit Wasser begoß, um uns fortzujagen. Vor der Baracke, mit eiskaltem Wasser. Wir verwandelten uns in Eiszapfen. Ich war mit meinem Vater zusammen. Und dann war mein Vater nicht mehr mein Vater. Mein Vater war tot. Und dann war ich eigentlich nicht mehr in Buchenwald. Ich hörte auf zu leben. Von diesem Tag an bis zur Befreiung war ich im Grunde genommen nicht da.

J. S.: Ja, du erzählst davon in deinem Buch. In all diesen Wochen, in denen du mechanisch, wie unbewußt, gelebt hast. Manchmal hast du auch Schach gespielt, ohne zu wissen, was du tust. Und gleichzeitig warst du schon …

E. W.: Ich war nicht mehr da. Ich hatte nur mehr für meinen Vater gelebt. Weil ich wußte, daß meine kleine Schwester und meine Mutter nicht mehr da waren. Ich hatte natürlich noch gehofft, daß meine älteren Schwestern am Leben sein würden. Er war aber mein Vater. Verstehst du, du hast im Lager ein aktives Leben geführt, du wußtest, warum du da warst, du warst Widerstandskämpfer, du hast gekämpft, du warst Teil des Widerstands. Ich war ein »Muselmane«, wie man damals sagte, ich war ein x-beliebiger Gegenstand. Ich nahm nicht wahr, was um mich herum vorging.

J. S.: Genau das ist der große Unterschied, der

sich durch die ganze Geschichte zieht. Wir müssen auf ihn näher eingehen, weil er für das Verständnis dieser Dinge entscheidend ist. Die gräßliche Einzigartigkeit des nationalsozialistischen Systems – und das ist sie bis heute in der Erinnerung und in der Geschichte, in der Erinnerung der Überlebenden und in der wirklichen Geschichte für die zukünftigen Generationen – bestand in dieser kaltblütigen und systematisch, industriell und rationell umgesetzten Entscheidung, ein ganzes Volk auslöschen zu wollen.

E. W.: Bis zum letzten Angehörigen.

J. S.: Bis zum letzten Angehörigen.

E. W.: Buchstäblich bis zum letzten Angehörigen.

J. S.: Der historische Zufall wollte, daß es keine Endlösung war, ihr aber doch sehr nahe kam. Der Aufbau dieser industriellen Vernichtungsmaschinerie, das heißt der Gaskammern und alles, was dazugehört, das ist der große Unterschied. Und all das wurde natürlich auch unterschiedlich erlebt. Die Widerstandskämpfer haben ja gewisse Risiken auf sich genommen, das stimmt, sie wußten, daß sie riskierten, gefangengenommen und damit gefoltert, deportiert oder vor ein Hinrichtungskommando gestellt zu werden. Und diese Erfahrung war eine einsame und zugleich solidarische Erfahrung, weil man zwar allein war, aber auch den Rückhalt von Gruppen, Organisationen, Parteien hatte. Eure Erfahrung war an die Familie gebunden. Es wurden ja ganze Familien deportiert …

E. W.: Ganze Dorfgemeinschaften.

J. S.: Ganze Dorfgemeinschaften wurden deportiert. Ihr habt die Vernichtung der Juden wahrgenommen, habt von ihr gewußt, ihr habt sie allmählich wahrgenommen und ihr auch ein Gesicht geben können. Sie hat das Gesicht der Mutter, der Schwester, des Cousins oder eines Freundes aus einem rumänischen, ungarischen oder polnischen Dorf. Es handelt sich also um eine völlig andere Erfahrung. Und ganz besonders erschreckend ist für mich die Tatsache, daß Europa so lange gebraucht hat, um diese Eigentümlichkeit zu erkennen und zu akzeptieren.

E. W.: Noch immer nicht. Noch immer nicht. Nicht ganz Europa.

J. S.: Nicht ganz Europa. Nicht alle Europäer. Wir haben aber trotz allem Fortschritte gemacht, und das ist zum Teil eurer Reaktion auf die Geschichte zu verdanken. Nach dem Schweigen, nach diesem schrecklichen Schweigen, in dem die jüdischen Überlebenden des Genozids gefangen waren. Nach eurer Rückkehr, als ihr nicht zur Kenntnis genommen wurdet, weil ihr keine Helden der Geschichte wart. Entsetzlich.

E. W.: Man wollte uns einfach nicht zuhören. Weil wir eine Schande für die Menschheit waren. Man hatte Mitleid mit uns. Ich selbst habe zehn Jahre gebraucht, bis ich darüber sprechen konnte, und ich sage im Grunde ja nur wenig darüber, und ich sage es nicht sehr gut. Nein. Man wollte uns jedenfalls nicht zuhören.

J. S.: Die Erfahrung hat ja gezeigt, daß die ersten Bücher, die ersten großen Bücher, die darüber geschrieben wurden – ich spreche jetzt von der Erfahrung des Widerstandes …

E. W.: Die Widerstandskämpfer wurden geliebt, aber von den Deportierten wandte man sich ab.

J. S.: Von den Deportierten wandte man sich ab.

E. W.: Weil sich mit uns ein Abgrund aufgetan hat, der Abgrund der Menschheit. Wir haben bewiesen, wozu der Mensch fähig ist. Im Guten wie im Bösen. Bis zum äußersten Extrem. Man wollte uns nicht zur Kenntnis nehmen, wir störten.

J. S.: Wir störten. Wir störten. Das Ende des Kriegs war zugleich auch das Ende einer Epoche. Es war eine Zeit, deren Entwicklungen wir idealisierten. Wir hatten den Faschismus besiegt und glaubten, daß damit sozusagen das Ende der furchtbaren Geschichte des 20. Jahrhunderts gekommen war und daß nun etwas Neues beginnen würde. Und wir verdrängten, versuchten zu vergessen. Vergessen wurde lange Zeit auch die Erfahrung in den Lagern der Russen, die ja zu den Siegern gehörten. Sie wurde ebenfalls verdrängt. Man wollte auch davon nichts wissen. Wir selbst, wir, die Deportierten, wollten davon nichts wissen. Ich spreche hier von mir. Wir wollten davon nichts wissen, weil es uns unglaublich vorkam. Noch unglaublicher als die andere Erfahrung. Das war dieser Prozeß. Ich habe aber den Eindruck, daß heute, fünfzig Jahre später, trotz allem …

E. W.: Die Jugend macht den Unterschied aus. Die jungen Leute wollen heute wissen, was damals wirklich geschehen ist. Weißt du, ich spreche sehr gerne mit jungen Leuten, beantworte gerne ihre Fragen, hier wie in den Vereinigten Staaten. Diese Fragen werden immer von jungen Leuten gestellt. Weil sie sich sagen, daß das die letzte Chance ist, einem Zeitzeugen zuhören zu können. Du und ich, wir sind Zeitzeugen. Und sie kommen und hören uns mit wirklichem Interesse zu. Sie hören zu mit einer gesunden Neugier, mit ihren Seelen, mit ihren Blicken. Sie hören mit ihrem ganzen Wesen zu, weil sie wissen, daß sie selbst diese Erfahrung nie machen werden.

J. S.: Weil sie wissen, daß sie sie nie machen werden, weil da eine Distanz besteht. Mir geht es dabei ähnlich. Es ist mir immer schwergefallen oder unangenehm gewesen oder ich habe es für überflüssig gehalten, mit Menschen meiner Generation über diese Erfahrung zu sprechen. Jetzt aber – ich möchte nicht sagen, daß es mir leicht fällt, aber jetzt ist es möglich geworden.

E. W.: Möglich … Nein, Jorge, es ist unmöglich, wir tun es aber trotzdem. Wir haben keine andere Wahl.

J. S.: Unmöglich von einem metaphysischen Standpunkt aus. Wenn du willst. Sicher. Unmöglich. Aber dennoch möglich, weil sie weder betroffen noch schuldig sind. Es ist nicht ihre Geschichte. Und deshalb bringen sie dieser Geschichte eine viel direktere, offenere, ja sogar unbekümmertere Einstellung entgegen. Sie sind noch imstande, Fragen zu stellen.

E. W.: Und so aufgeschlossen. Wirklich aufgeschlossen. Sie interessieren sich für unsere Erfahrungen, nehmen sie an und zeigen uns ihr Mitgefühl. Das berührt mich.

J. S.: Das ist eine Erfahrung, ich glaube, selbst in unseren Familien – ich kenne die deine nicht, du wirst mir sagen, ob ich recht habe –, selbst in unseren Familien haben wir die Erfahrung gemacht, daß es einfacher ist, mit den Enkeln zu sprechen als mit den Söhnen.

E. W.: Ganz richtig, stimmt genau. Wir überspringen eine Generation.

J. S.: Als ob eine gewisse Zeit hätte vergehen müssen, damit die Dinge reifen können. Objektiv, historisch gesehen, hat eben eine gewisse Zeit vergehen müssen, bis die Bücher gelesen werden konnten.

E. W.: Sie wurden aber nicht wirklich gelesen. Sie wurden nicht wirklich gelesen, weil – und genau das ist, wenn du so willst, die Hoffnungslosigkeit dieser Geschichte – diese Geschichte nie bekannt werden wird. Niemand wird je erfahren, was du und ich erlebt haben. Wir versuchen es, wir setzen uns dafür ein. Aber ich glaube nicht daran.

J. S.: Wir schreiben manchmal, wir schreiben nicht immer, und weder du noch ich schreiben nur darüber, wir schreiben mit dem Wissen, daß es Dinge gibt, die man nicht …

E. W.: … über die man nicht sprechen kann.

J. S.: Man kann nicht über alles sprechen, man kann nicht alles vorstellbar, nachvollziehbar machen. Das geht einfach nicht.

E. W.: Schweigen ist verboten, Sprechen ist unmöglich. Ich hatte immer die Angst, mein Gedächtnis zu verlieren. Ich weiß, daß das Gedächtnis immer sehr gefährdet ist. Es läßt nach. Gibt es Dinge, die ich vergessen habe? Gibt es Gesichter, die nicht mehr in meinem Gesicht, in meinem Blick sind? Gibt es Gesten, die nicht mehr da sind, zu denen ich keinen Zugang mehr habe? Also, was tun? Was soll man tun, um alles sagen, um das sagen zu können, was gesagt werden muß? Der Schriftsteller, der ich bin und der du bist, kann einfach nicht umhin, sich diese Fragen zu stellen.

J. S.: Als Schriftsteller spreche ich von meiner Beziehung zum Schreiben. Eine Zeitlang, fünfzehn Jahre lang, mußte ich schweigen, um zu überleben. Das ist übrigens eine recht weit verbreitete Erfahrung. Andere sind durch das Schreiben ins Leben zurückgekehrt. Primo Levi. Andere haben wieder zu leben begonnen, weil es ihnen gelungen ist, schnell zu schreiben. Haben provisorisch wieder zu leben begonnen.

E. W.: Ich glaube, Primo Levi hat seinem Leben ein Ende gemacht, weil er – und davon bin ich überzeugt – Schriftsteller war. Wir waren befreundet. Ich habe ihn nach dem Krieg kennengelernt.

J. S.: Weil die komplexe Beziehung zum Schreiben …

E. W.: Viele Schriftsteller haben Selbstmord begangen.

J. S.: Améry, Levi und natürlich auch andere.

E. W.: Oder Paul Celan.

J. S.: Ich habe eine eigenartige Erfahrung gemacht, was das Gedächtnis und die Angst vor dem Vergessen betrifft. Je mehr ich schreibe – drei meiner Bücher haben einen direkten Bezug zur Lagererfahrung, während die anderen voll von indirekteren, romanhaften Bezügen sind; da sind es die Figuren, die diesen Bezug haben, nicht ich –, je mehr ich schreibe, desto deutlicher kommt mir die Erinnerung zurück. Nach dem jeweils letzten Buch habe ich noch mehr zu sagen als vor dem ersten. Als ob das Vergessen so vollständig gewesen wäre, daß es der Arbeit des Schreibens, der bewußten Erforschung der Vergangenheit bedurft hätte. Bilder, Erinnerungen, Gesichter, Anekdoten, ja selbst Empfindungen kehren zurück. Daher meine Theorie, daß es ein unerschöpfliches Schreiben ist, zugleich möglich und unerschöpflich. Man kann etwas sagen, wird aber nie alles gesagt haben. Man kann jedes Mal mehr sagen.

E. W.: In letzter Zeit habe ich oft geträumt, daß ich schreibe. Ich träume immer häufiger von damals. Am Anfang, während des Kriegs, träumten wir von ganz anderen Dingen, vom Essen, vom Frieden. Zu Hause träumte ich vom Sabbat, von den jüdischen Festen, von meiner Familie. Später, nach der Befreiung, war das anders. Und jetzt habe ich fast jede Nacht, immer häufiger, Alpträume. Ich bin wieder dort. Am Morgen stehe ich auf und schreibe schnell nieder, was mir von diesen Träumen geblieben ist. Im Grunde werden wir darüber nie das letzte Wort sagen können.

J. S.: Das Schreiben läßt die Erinnerungen wieder hochkommen, damit aber zwangsläufig auch die Angst. Die Therapie des Vergessens hat eine Zeitlang eine beruhigende Wirkung ausgeübt. Die Projektion in die Politik hat eine andere Rolle gespielt, weil es sich hier, was zumindest die kommunistische Politik betrifft, um die Illusion einer Zukunft handelt; und der anschließende Zusammenbruch dieser Illusion führt wieder zum Schreiben, zur Erinnerungsarbeit zurück. Und je mehr ich schreibe, desto lebendiger werden meine Erinnerungen, aber natürlich kommt auch die Angst wieder hoch ...

E. W.: All dies läuft letzten Endes für mich auf eines hinaus: wir haben das absolut Böse entdeckt. Und nicht das absolut Gute. Was können wir also tun, damit die Jugend, die uns die Ehre erweist, uns zu lesen und zuzuhören, nicht völlig die Hoffnung verliert? Auf welche Weise können wir ihnen vermitteln, daß dem Menschen dieses Streben nach dem Absoluten nicht nur im Bösen, sondern trotz allem auch im Guten gegeben ist?

J. S.: Das absolut Böse gibt es, man kann ihm begegnen. Das Gute ist schwer zu finden. Das Gute oder vielmehr der Weg, der zum Guten führt.

E. W.: Richtig, das stimmt. Ich kann mich erinnern, und das ist der Triumph des Gedächtnisses. Ich hatte sogar meinen eigenen Namen vergessen. In Auschwitz gegen dem Ende zu, und vor allem im Zug. Ich hatte meine Nummer, A7713. Das war alles. Ich war eine Nummer. Und von Zeit zu Zeit kam jemand aus meiner Stadt zu mir, um mich an meinen Namen zu erinnern. Er nannte mich beim Namen. Das war zunächst natürlich mein Vater. Und im kleinen Lager in Buchenwald hatte ich einen Kumpel, einen kleinen Jungen aus Kovno in Litauen, der mich beim Namen nannte. Und das genügte mir, um glauben zu können, daß der Mensch zum Guten fähig ist.

J. S.: Ich möchte dir eine Frage stellen, die ich auch beantworten werde. Wir können versuchen, sie gemeinsam zu beantworten. Welchen Sinn soll für uns diese Reihe von Gedenkveranstaltungen, Erinnerungen, Publikationen und Berichten rund um diesen 50. Jahrestag haben? Es ist der Jahrestag der Befreiung der Lager, des Siegs über den Nationalsozialismus, der ja kein vollständiger Sieg über das totalitäre System an sich ist – in der Sowjetunion existierte es ja noch sehr lange Zeit weiter. Es werden also Gedenkveranstaltungen abgehalten, und wir werden gebeten, dieses oder jenes beizutragen. Was tun wir da eigentlich?

E. W.: Ich gehe nur schweren Herzens zu derartigen Veranstaltungen. Widerwillig. Ich mag das nicht. Ich mag das eigentlich überhaupt nicht. Mir bleibt aber keine Wahl, es gibt keine Alternative dazu. Mir wäre es lieber, wieder dorthin zu fahren, allein oder mit jemand, mit dem ich damals zusammen war. Um allein zu sein, zu zweit oder zu dritt, aber allein und nichts sagen müssen. Und zu weinen versuchen, wenn das möglich ist. Oder aufhören zu weinen, wenn das möglich ist. Ich mag das nicht. Gleichzeitig sage ich mir aber, daß die, die all das nicht miterlebt haben, einige Symbole brauchen. Einige Fixpunkte, an denen sie ihre Wißbegierde, ihren Erfahrungshunger festmachen können. Wir nehmen nur für sie an derartigen Veranstaltungen teil, ganz gleich, ob es um Buchenwald oder um Auschwitz geht. Ich fühle mich dabei aber ganz und gar nicht wohl. Ich weiß nicht. Ich muß etwas sagen und habe immer Lust, etwas anderes zu sagen. Und es ist mir auch schon passiert, daß ich mittendrin aufhören mußte, weil ich spürte, daß ich weinen würde. Ich weine nicht gern in der Öffentlichkeit. Sogar wenn ich allein bin, weine ich nicht gerne.

J. S.: Das ist ein Gefühl, dem man nicht entkommen kann, wenn man auf dem sogenannten Podium sitzt, gemeinsam mit anderen Zeitzeugen, die auch davon erzählen. Da kommt immer der Moment, in dem man sich fragt: »Was tue ich hier eigentlich? Warum bin ich überhaupt hergekommen?« Das ist unvermeidlich. Man konzentriert sich, verliert sich aber bald wieder in Gedanken. Man überläßt sich seinen Erinnerungen. Dann faßt man sich wieder, um als Zeitzeuge an diesem pädagogischen Ritus teilnehmen zu können. Eigentlich ist man aber woanders. Und manchmal ist man sehr weit weg. So weit weg, daß man Lust hat... Man hat Lust zu verschwinden.

E. W.: Und man verschwindet. Man verschwindet innerlich.

J. S.: Das ist, glaube ich, völlig normal und unvermeidlich. Ich frage mich aber, ob man den jungen Menschen, ihrer Neugier und ihrem Wissensdurst nicht eher begegnen sollte, indem man an der Gegenwart ansetzt, anstatt sofort fünfzig Jahre zurückzugehen. Das heißt, aus dem, was heute geschieht, Beispiele herauszugreifen. Aber nicht, um alles durcheinanderzubringen ...

E. W.: Oder Vergleiche anzustellen. Man soll nie Vergleiche anstellen.

J. S.: Oder Vergleiche anzustellen. Man darf dabei nicht dem Irrtum verfallen, den man im Mai '68 beging, als man rief: »CRS-SS«, was völlig abwegig ist.

E. W.: Oder das, was jetzt in Serbien geschieht, mit Auschwitz vergleichen.

J. S.: Oder Serbien mit Auschwitz vergleichen.

Dennoch, nur ein Beispiel: Die ethnische Säuberung bietet die Möglichkeit – freilich ohne zu vergleichen oder alles durcheinanderzubringen oder sie mit Auschwitz gleichzusetzen, weil es einfach ungeheuerlich wäre, so etwas zu behaupten –, einen Einblick in die totalitären Mechanismen zu vermitteln, die am Werk waren und heute da und dort allmählich wieder wirksam werden. Ich frage mich, ob man nicht weiter in die Geschichte zurückgehen sollte – ich bin mir aber nicht sicher, das ist eine Frage, die ich mir selber oft stelle –, damit der pädagogische Effekt größer ist. Damit es nicht nur ein Erinnerungsritual ist, sondern für die heutige Jugend auch eine konkrete, politische Praxis im umfassenden Sinn des Wortes wird.

E. W.: Du bist mit diesen Dingen vertraut, du warst in der Politik, du warst Minister und kennst die Politik, ich aber überhaupt nicht. Ich bin Lehrer. Ich bin ein Geschichtenerzähler. Ich unterrichte Humanwissenschaften, ich habe Studenten. Es gibt Studenten, die von der Gegenwart in die Vergangenheit zurückgehen und andere, die lieber mit der Vergangenheit beginnen – und wir nähern uns dann gemeinsam der Gegenwart an.

J. S.: Wichtig ist, daß man weiß, wie man vorgeht. Das heißt, daß man ausgehend von einer Erfahrung oder einem aktuellen Ereignis Beziehungen herstellt, und zwar einer Erfahrung, die es ermöglicht – ich komme wieder darauf zurück –, die Besonderheit, den Ausnahmecharakter und die Einzigartigkeit der Vernichtung des jüdischen Volkes zu erkennen. Da besteht ein großer Unterschied zu anderen Konzentrationslagern; im Gulag Kolyma hat es möglicherweise mehr Tote gegeben als in Auschwitz, und trotzdem gibt es da einen großen Unterschied.

E. W.: Es gibt da einen großen Unterschied. Aber Jorge, in Auschwitz hat das Böse überlebt. Der Sieg der Alliierten hat das Böse nicht aufhalten können. Auch danach, nach dem Faschismus, hat es Rassenhaß und Fanatismus gegeben, die es ja fast überall gibt. Man soll aber in diesen Dingen nie Vergleiche anstellen. Wir leben aber immer noch in diesem Jahrhundert, im gleichen Jahrhundert, dem blutigsten Jahrhundert der Geschichte. In dieser Zeit hat die Geschichte, glaube ich, so viele unselige und verhängnisvolle Kräfte freigesetzt, ausbrechen, zutage treten lassen, daß die Nachwirkungen noch heute zu spüren sind. Diese Nachwirkungen sind eben in den ethnischen Säuberungen zu erkennen, wie du sagst, oder auch in Ruanda, eigentlich in der ganzen Welt. Unser Planet ist eine kleine Familie geworden, ein kleines Dorf, das von schrecklichen und erschreckenden Strömungen durchzogen wird. Man kann sie deutlich spüren. Und so erinnert man sich, natürlich erinnert man sich, wir können gar nicht anders, als uns zu erinnern. Wenn ich im Fernsehen ein kleines Mädchen oder einen kleinen Jungen sehe, der in den Armen seiner Mutter stirbt, irgendwo in Afrika oder Tschetschenien, dann tut mir das weh. Das tut weh. Wenn ich höre, daß in Algerien Intellektuelle getötet werden, dann erinnert mich das an Deutschland 1933, nicht an den Holocaust, sondern an 1933. Das tut weh. Das tut um so mehr weh, als ich das Gefühl habe, daß das überhandnimmt. Das nimmt überhand. Und wenn Auschwitz und Buchenwald den Menschen nicht verändern konnten, was wird ihn dann wirklich verändern können?

J. S.: Man kann den Menschen nicht definieren. Das Böse als das Unmenschliche.

E. W.: Alles ist menschlich.

J. S.: Ja. Hier kommen wir zum Kern, zu einem zentralen Aspekt der Lagererfahrung. Nämlich zur Entdeckung, daß die menschliche Freiheit, die Freiheit des Menschen eine Freiheit ist, die sowohl zum Guten als auch zum Bösen fähig ist. Zum Guten, weil wir auch außergewöhnliche Beispiele der Solidarität und Aufopferung erlebt haben.

E. W.: Und das auch außerhalb der Lager. All jene zum Beispiel, die ihr Leben aufs Spiel setzten, um Juden zu retten. Das sind ganz ohne Frage Helden, Widerstandskämpfer. Keine Frage.

J. S.: Ich finde, wir sollten diesen Weg weitergehen. Wenn man eines bestimmten Ereignisses als eines vergangenen Ereignisses gedenkt, »so war das vor fünfzig Jahren«, dann vergißt man, daß die Befreier von Auschwitz, die nicht nur Auschwitz befreit, sondern auch die Schlacht um Stalingrad gewonnen haben und bis nach Berlin vorgedrungen sind, aus einem Land kamen, in dem es ebenfalls Lager gab. In dem es noch zehn oder fünfzehn Jahre lang Lager gab. Daß all das sich also später wiederholt hat. Die, die in Jugoslawien von ethnischer Säuberung sprechen, sind beileibe keine Nationalsozialisten – obwohl ihre Politik in letzter Konsequenz in diese Richtung geht –, sondern Kommunisten. Man darf sich also nicht, und da hast du völlig recht, mit dem bloßen Zurückerinnern zufriedengeben, sondern müßte …

E. W.: Alles sollte in die Gegenwart, in die Wirklichkeit geholt werden. Du hast von der Befreiung der Lager gesprochen. Vor einigen Jahren habe ich General Petrenko in Moskau dazu einige Fragen gestellt. Er war der Befreier von Auschwitz. Wir waren beide dort. Wir haben unsere Erinnerungen an die letzte Nacht dort miteinander verglichen. Wir im Lager bereiteten uns darauf vor, es zu verlassen, während er seine Truppen darauf vorbereitete, es zu befreien. Und ich fragte ihn: »Wenn Sie bereits zwei Tage früher einen Vorstoß unternommen hätten, hätten Sie hunderttausend Frauen und Männer retten können. Sie haben es nicht getan. Warum? Warum nicht?« Und er hat mir so einiges erzählt... Klar ist das alles jedenfalls nicht. Dasselbe gilt übrigens auch für die Alliierten. Sie hätten Buchenwald früher befreien können. Sie sind eher zufällig auf Buchenwald gestoßen. Es hatte eben keine Priorität.

J. S.: Es hatte keine strategische Priorität. Trotzdem hätten die Alliierten, die Westmächte, vor allem ab 1943 die ihnen zur Verfügung stehenden Informationen über die Vernichtung der Juden besser bekannt machen und damit direkten Druck ausüben können ...

E. W.: Und die Eisenbahnlinien nach Auschwitz bombardieren. Übrigens auch die Russen. Sie waren ja näher.

J. S.: Sie hätten wirklich eingreifen und zum Beispiel die Namenslisten, die sie ja bereits hatten, veröffentlichen können. Der jüdische Widerstand hatte sie ihnen bereits übermittelt. Sie hätten Dutzende und Aberdutzende von Deutschen mit ihrer Verantwortung konfrontieren können. Seht her, so sind die Nazis! Das steht euch auch bevor! Sie hätten auf diese Weise Nürnberg vorwegnehmen können. Man hat all das nicht getan. Man hat es nicht getan, und zwar aus denselben Gründen, aus denen danach weitergeschwiegen wurde.

E. W.: Ich war in Babi Jar. 1965 war dort noch nichts. Später wurde dort ein Denkmal errichtet. In Babi Jar sind innerhalb von zehn Tagen, zwischen Rosch-Hachanah und Jom Kippur, 60 000 bis 80 000 Juden umgekommen. Keine einzige jüdische Inschrift. Für die Kommunisten, für die Russen gab es dort keinen einzigen Juden. Dasselbe in Auschwitz.

J. S.: Dasselbe in Auschwitz. Es galt einfach als Lager, in dem Antifaschisten umgekommen sind. Und damit wird die Wahrheit von Auschwitz, das ja *das* Vernichtungslager der Endlösung war, entschärft, unter den Teppich gekehrt.

E. W.: Die Juden wurden damit ein zweites Mal ausgelöscht.

J. S.: Die Juden wurden ein zweites Mal ausgelöscht. Im Fall von Babi Jar bedurfte es des Gedichts von Jewtuschenko und einer ganzen Reihe von Tauwetter-Perioden.

E. W.: Und selbst dann …

J. S.: Es wurde bestritten, eine ziemlich zweifelhafte und unsichere Angelegenheit.

E. W.: Erst jetzt haben sie ein Denkmal errichtet. Vor zwei Jahren wurde ein jüdisches Denkmal errichtet. Auf dem großen Denkmal steht aber kein Wort über die Juden. »Hier starben sowjetische Bürger.« Als ob die Kiewer Juden deshalb umgebracht worden wären, weil sie sowjetische Bürger oder Kommunisten waren. Man stelle sich das einmal vor... All das hätte schon früher beendet werden können, eigentlich schon während des Kriegs. So viele Menschen hätten gerettet werden können. Bis heute empfinde ich Trauer darüber, eine Art Trauerreserve. Man macht aber dennoch weiter oder versucht es wenigstens. Wir werden bald nicht mehr da sein. Man muß Spuren hinterlassen.

J. S.: In Buchenwald versammelten wir uns an den Sonntagnachmittagen, um zu diskutieren. Und in einem dieser Gesprächskreise, an denen keine Juden teilnahmen – im großen Lager gab es nur sehr wenige Juden, die überlebt hatten –, diskutierten wir über die Existenz Gottes. War das für dich damals kein Problem?

E. W.: Doch, es war eines. Für mich war Gott aber trotz allem der Haltepunkt. Jorge, ich kann Auschwitz und Buchenwald einfach nicht verstehen, weder mit noch ohne Gott. Immer wieder stelle ich mir dieselbe Frage: Und Gott? Was machte er, wo war er all die Zeit? Ich komme aus einem tiefreligiösen Milieu, weißt du. Tiefreligiös. Du kommst aus einem politischen Milieu. Du hast im Widerstand gekämpft. Du hattest zu tun. Ich habe nichts getan. Ich ließ alles geschehen. Gott hat die Dinge, die Ereignisse und die Lebewesen erschaffen, und der Mensch hat alles wieder in Unordnung gebracht. Für mich war Gott damals alles, weil der Mensch in meinen Augen nichts war. Gott allein zählte. Er war mein Lebenssinn. Er war die Rechtfertigung für alles, was mit mir geschah. Und da empfand ich eine Abwesenheit, etwas, das sich mir entzieht. Wo war Gott? Ich kämpfte gegen Ihn an, später, vor allem nach dem Krieg. Nachdem ich mit dem Philosophiestudium begonnen hatte und wußte, wie man Fragen stellt. Gott war aber ständig präsent. Sogar im kleinen Lager, ich erinnere mich, es war zu Passah. Während des Passahfests dürfen wir kein Brot essen. Na ja, ich habe Brot gegessen. Ich hatte aber Kumpel, die keines aßen, auch nicht im Lager. Ich erinnere mich, wie wir beteten. Wir beteten zu Passah im kleinen Lager. Und ich war einfach so da, abwesend. Am 11. April sangen wir, eine kleine Gruppe von Kumpeln aus dem kleinen Lager, als erstes den Kaddisch. Den Kaddisch für die Toten. Ich definierte mich also über meinen Bezug zu Gott. Bis heute eigentlich, ich weiß nicht.

J. S.: Das ist der Unterschied deiner Erzählungen und der Erzählungen anderer frommer Juden, die in den Lagern waren: Man spürt ganz deutlich, daß diese Festlegung, diese Religion, diese Verbindung mit Gott, dieses Anklammern an ihn ein wichtiger Bestandteil des Widerstands ist. Man legte sich auf Gott fest, trotz der Absurdität, der Unverständlichkeit und des sinnlosen Schicksals des jüdischen Volkes. Natürlich gab es auch Bindungen einer ganz anderen Art, da es ja auch unter den Juden Widerstandskämpfer gab, jedenfalls in Frankreich, das liegt auf der Hand, in den Kampftruppen, Stoßtrupps …

E. W.: … in Birkenau in den Zentren der Arbeitskommandos, im Warschauer Ghetto. Sobibor.

J. S.: Die Legende von der jüdischen Passivität ist eine widerwärtige Legende. Nun ja. Diese Bindungen, dieser geistige Widerstand und diese sehr widerstandsfähige geistige Identität sehen bei uns aber ganz anders aus. Ich komme aus einer katholischen Familie, bin aber seit meiner Jugend Atheist. Im Lauf dieser Diskussionen in Buchenwald habe ich aber dennoch die endgültige Definition meiner Beziehung zu Gott gefunden. Ich glaube, daß die Diskussion um die Existenz Gottes eine sinnlose Diskussion ist, da es Gott so lange geben wird, als es Menschen gibt. Diesen Bezug zur Transzendenz wird es immer geben. Zu diskutieren sind also nicht Fragen wie die nach der Existenz Gottes, sondern andere Fragen. Das ist ein Ergebnis oder eine Konsequenz dieser sonntäglichen Diskussionen in Buchenwald. Der Atheismus muß nämlich, ich möchte sagen paradoxerweise, bis an sein Extrem getrieben werden. Und dieser bis zum Extrem getriebene Atheismus besteht darin, daß man anerkennt, daß Gott ein Bedürfnis, ein Wunsch, eine Phantasie, eine Notwendigkeit des Menschen ist. Es wird ihn geben, solange es Menschen gibt.

E. W.: Bei mir lief das in zwei Schritten ab. Vom Tod meines Vaters einmal abgesehen. Das erste Mal, als mich die Angst überfiel, war bei meiner Ankunft in Birkenau. Es war Nacht. Da waren Tausende, zumindest mir erschienen sie wie Tausende und Abertausende Juden, die von überall her kamen und ins Feuer gingen. Und ich hatte Angst, ich fragte mich, ob das das Ende des jüdischen Volkes ist. Das zweite Mal war viel später, als ich mir die Frage stellte, die sich die Juden immer schon gestellt hatten. Irgendwann kommt der Moment, in dem man sich fragt: »Hat Gott von Seinem auserwählten Volk genug? Hat Er die Seite gewechselt?« Und wenn ich mich fragte: »Was tut Gott?«, dann bedeutete das zugleich auch: »Und wenn Gott nicht mehr auf meiner Seite, sondern auf der Seite des Feindes stünde?« Und dann sagte ich mir: »Vielleicht kann Gott zu einem Feind werden, der Feind ist aber nicht Gott.«

J. S.: Das ist ein weiterer Punkt, der mir an der Lagererfahrung der Juden aufgefallen ist.

Es hat ja auch Deportierte gegeben, die Katholiken oder Protestanten waren. Gott hat in ihrem täglichen Leben, in ihrer Einsamkeit sicher auch eine Rolle gespielt. In den Konzentrationslagern war jegliche Religionsausübung streng verboten. Die Religion stand für sie aber eher im Hintergrund, die Berichte lassen nicht darauf schließen, daß sie für sie etwas Zentrales war. Sie war Privatsache. Gott war Privatsache, während es sich in der jüdischen Erfahrung der Deportation und der Vernichtung anders verhält. Auch das ist eine Besonderheit. Da gibt es einen Unterschied.

E. W.: Die grundlegende Einzigartigkeit war der Plan, das Vorhaben des Feindes, ein ganzes Volk bis zum letzten Angehörigen auszulöschen. Sogar ungeborene Kinder waren bereits zum Tod verurteilt. Wenn ich an die Kinder denke... wenn ich an die Kinder denke, muß ich weinen. Ich erinnere mich an die Kinder – heute gibt es ja hübsche, dezente, rührende Photos davon –, die einfach so, still und brav, ohne zu schreien, ohne zu klagen, in den Tod gingen. Ich frage mich, wie sie das tun konnten. Weißt du, Jorge, ich hoffe, daß ihren Mördern niemals verziehen werden wird. Ich will nicht, daß Gott ihnen verzeiht, was sie den Kindern angetan haben. Niemals.

J. S.: Ja. Natürlich. Die Lagerkinder sind jüdische Kinder.

E. W.: Jene sind verantwortlich für diese Verbrechen. Ein Kind töten, das ist das absolut Böse. Eineinhalb Millionen Kinder töten, das ist das absolut Böse. Denen, die für diese Verbrechen verantwortlich sind, dürfte nicht verziehen werden. Ich habe Studenten in Deutschland. Ich arbeite mit jungen Menschen, die Deutsche sind. Ich unterrichte aber nicht das, sondern Philosophie und Literatur. Ich unterrichte nicht den Holocaust. Die Deutschen kommen auf mich zu und sprechen mit mir, und manche von ihnen fühlen sich schuldig. Und ich sage ihnen: Nein! Ihr seid nicht schuldig. Ihr tragt keinerlei Verantwortung für das, was eure Großeltern oder Eltern getan haben. Ich glaube nicht an die Kollektivschuld. Ich habe nie daran geglaubt. Als Jude weiß ich sehr genau, daß mein Volk viel leiden mußte, weil es so vieler »Verbrechen« beschuldigt wurde. Man hat uns gezwungen, diese Kollektivschuld auf uns zu nehmen. Nein, ich würde mich nie mit dem Gedanken anfreunden können, daß ein junger Deutscher schuldig ist, nur weil er Deutscher ist. Nur die Schuldigen sind schuldig. Die Söhne der Schuldigen, die Kinder der Schuldigen sind eben Kinder. Diese unermeßliche Schuld trifft nur die, die an diesen Verbrechen beteiligt waren.

J. S.: Ich glaube sogar, daß ein Großteil der deutschen Jugend Trauerarbeit geleistet und sich mit der Geschichte ihres Landes und ihres Volkes gründlich auseinandergesetzt hat, was andere Generationen in anderen Ländern nicht geleistet haben.

E. W.: Sie fühlen sich trotz allem stärker betroffen …

J. S.: … und haben sich eine gewisse Sensibilität bewahrt. Ihre Reaktionen auf Äußerungen bestimmter Politiker oder Journalisten, auf gewisse Aktivitäten von Neonazi-Gruppen, die die Gewalt verherrlichen oder Gräber schänden, oder auf rassistische Äußerungen sind unmißverständlich. Die deutsche Jugend im weitesten Sinn, also nicht nur die Jugendlichen, reagiert sofort. Daher glaube ich, daß wir zu einer gewissen Hoffnung berechtigt sind.

E. W.: Ich hoffe wirklich, daß die Hoffnung dank dieser Jugend eine Zukunft hat.

J. S.: Wir können um so mehr hoffen, als Deutschland aus verschiedenen historischen, sozialen und ökonomischen Gründen in Europa eine entscheidende Rolle spielt. Das neue Deutschland, das im Jahr 2000 sehr viel Verantwortung tragen wird, wird sich dann auf dem Gedächtnis eines demokratischen Denkens begründen können, eines Denkens der Toleranz, das dem Vergessen entgegenwirkt. Das ist, glaube ich, sehr wichtig.

E. W.: Ja, aber. Warum haben die Mörder gemordet? Warum hat die Welt sie gewähren lassen? Darauf weiß ich keine Antwort. Letzten Endes steht man vor Fragen. Ich habe immer Fragen. Und keine Antwort. Wir sollten uns auch mit Dankbarkeit an das erinnern, was der Widerstand im Lager getan hat. Ich verdanke ihm mein Leben, weil der Lagerschutz, die Polizei des Lagers, sich aus Widerstandskämpfern zusammensetzte und von ihnen getragen wurde. Und als sie am 5. April alle Juden abtransportieren wollten, waren es diese Leute, die Polizisten, die uns sagten: »Kommt zurück, kommt zurück ...«

J. S.: Das ist eine weitere Eigentümlichkeit von Buchenwald. Wegen der hohen Zahl an politischen Häftlingen aus Deutschland ergab sich die Möglichkeit einer internationalen Widerstandsorganisation, bestehend aus Kommunisten, aber auch aus Widerstandskämpfern des französischen Komitees. Im französischen Komitee waren alle Widerstandsbewegungen vertreten. Als die SS den Befehl gab, das Lager zu räumen, brachen die Kontakte zwischen ihnen und den Lagerältesten ab. Wir führten eine Art Doppelleben. Wir waren umzingelt, die Maschinengewehre waren auf uns gerichtet. Dieses Doppelleben befahl uns, uns der Räumung zu widersetzen, sie so weit als möglich hinauszuzögern. Der Lagerschutz, die Lagerpolizei, die Häftlinge und andere Kapos bremsten und forderten uns auf: »Geht nicht auf den Appellplatz, halten wir durch ...«

E. W.: Sie trieben uns nicht auf den Appellplatz, sondern schickten uns zurück.

J. S.: Sie schickten uns in die Baracken zurück, um das Schlimmste zu verhindern. Und das hat schließlich mehr als der Hälfte der Deportierten das Leben gerettet. Erst, als Kommandoeinheiten das Lager gestürmt hatten, gelang es den SS-Leuten, einen Teil, aber nur einen ganz kleinen Teil der Deportierten dazu zu zwingen.

E. W.: Das war am 11. April, und wir sollten alle fort. Du auch. Das Lager sollte geräumt werden.

J. S.: Das Lager sollte geräumt werden. Es ist ihnen aber nicht gelungen, es zu räumen. Am 11. April hatten es die Amerikaner erreicht, und in der Umgebung waren überall Panzer. Und es wurde die Parole ausgegeben ...

E. W.: ... der Aufstand.

J. S.: Der Aufstand. Und da tauchten dann die seit Jahren versteckten Waffen auf. Freilich dürfen wir hier nicht in eine Mythologie verfallen. Buchenwald ist von der amerikanischen Armee befreit worden. Daß einige Hundert Bewaffnete tatkräftig mitgeholfen haben, hatte aber eine symbolische, gewissermaßen auch moralische und politische Bedeutung. Die Amerikaner haben ein zum Teil befreites, besetztes Lager vorgefunden …

E. W.: … ein fast befreites Lager. Weißt du, ich wußte damals gar nicht, daß es in Buchenwald eine Widerstandsgruppe gab. Seit dem Tod meines Vaters war ich von allem so weit entfernt, ich wußte nicht, was richtig und was falsch war, was lebendig und was nicht. Ich wußte nicht einmal, daß es in Buchenwald eine Widerstandsgruppe gab. Ich weiß nicht, wie du das erlebt hast, aber ich erinnere mich, daß bei uns im kleinen Lager keine Feierstimmung und keine Freude aufkam. Die Befreier waren ins Lager gekommen. Und wir waren da. Wir sahen uns an. Wir beteten. Wir beteten den Kaddisch. Wir waren noch allzusehr in der Vergangenheit gefangen.

J. S.: Welche Freude hättet ihr auch empfinden können? Ihr wart ja schon im Jenseits.

E. W.: Genau, wir waren schon im Jenseits.

J. S.: Ihr wart schon im Jenseits, ihr wart schon tot.

E. W.: Wir waren dazu nicht fähig. Wir waren noch tot.

J. S.: Ihr wart noch tot.

E. W.: Niemand konnte sich freuen.

J. S.: Selbst im großen Lager war ein Teil der Häftlinge unfähig, Freude zu empfinden. Sie verstanden erst ein paar Tage später, was geschehen war. Wir waren noch tot. Nur eine kleine Minderheit konnte wenn schon nicht Freude, so doch ein ziemlich merkwürdiges Gefühl empfinden. Der allerverrückteste Traum war Wirklichkeit geworden. Man weiß aus der Statistik, daß es immer Überlebende gibt, die die Geschichte erzählen können. Aber man glaubt immer, daß es jemand anderer sein wird.

E. W.: Wie viele Geschichten sind nie erzählt worden, weil es keine Überlebenden gab!

J. S.: Wie viele Geschichten werden auch heute noch nicht erzählt, weil die Überlebenden nicht darüber sprechen wollen. Weil wir, die wir darüber sprechen, eine Minderheit sind. Ganz gleich, wie sehr wir uns bemühen und wie schwer es uns fällt, wir sind eine Minderheit. Die meisten Überlebenden, die meisten Heimkehrer sprechen nicht darüber.

E. W.: Aber doch immer häufiger. Sie spüren jetzt, glaube ich, daß das Jahrhundert zu Ende geht. Immer häufiger. Ich bekomme Manuskripte zugesandt. Zu Dutzenden, um Vorworte zu schreiben oder um sie weiterzuempfehlen. Sie sprechen immer häufiger darüber. Ich habe mein erstes Buch für sie geschrieben. Um ihnen zu sagen, daß wir darüber sprechen sollten. Es ist immer zu wenig, aber wir sollten dennoch darüber sprechen. Wir wissen nicht, wie wir es sagen sollen, uns fehlen die Worte, aber wir sollten es dennoch tun. Zeugnis ablegen. Und in letzter Zeit wird das auch zunehmend getan. Das spüre ich.

J. S.: Weil das Ende absehbar ist. Weil es sehr bald keine Überlebenden mehr geben wird. Und angesichts dieser Dringlichkeit, angesichts des Unverständnisses auf der einen und des Verständnisses, das uns die junge Generation entgegenbringt, auf der anderen Seite, fällt es den Überlebenden leichter, darüber zu sprechen. Das ist sicher richtig. In diesen Wochen ist mir in den Tageszeitungen und Zeitschriften aufgefallen, wie viele neue Berichte von Zeitzeugen es gibt. Von Zeitzeugen, die bis jetzt geschwiegen haben.

E. W.: Die bis heute geschwiegen haben.

J. S.: Die erst heute, siebenundvierzig Jahre danach, fünfzig Jahre danach, bereit sind, ihre Stimme zu erheben und zu erzählen. Das finde ich sehr …

E. W.: … beruhigend. Ich stelle mir vor, daß man in einigen Jahren vielleicht den allerletzten Überlebenden ausfindig machen wird.

J. S.: Das ist fast eine Obsession …

E. W.: Das ist meine Obsession. Ich möchte nicht er sein.

J. S.: Ich denke oft an diesen Mann oder an diese Frau. Sofern er oder sie sich dessen überhaupt bewußt ist, was ich nicht glaube. Stell dir vor, ein

Kamerateam kommt daher und sagt: »Mein Herr, meine Dame, Sie sind der letzte Überlebende.« Was soll er tun? Er bringt sich um.

E. W.: Nein. Ich stelle mir lieber vor, daß man ihm Fragen stellt, alle möglichen Fragen. Wirklich alle. Und er würde sich diese Fragen anhören. Und dann mit den Achseln zucken. Und man wird ihn fragen: »Und ...?« Und er wird sagen ...

J. S.: Wenn es nicht der Selbstmord ist, dann ist es das Schweigen. Das läuft auf dasselbe hinaus.

E. W.: Ein fruchtbares Schweigen. Das letzte. Ich möchte jedenfalls nicht der letzte Überlebende sein.

J. S.: Ich auch nicht.

Anhang

Jorge Semprun
Biographie

Geboren am 10. Dezember 1923 in Madrid.

1937, während des Spanischen Bürgerkrieges, geht seine Familie ins Exil nach Frankreich. Schulbesuch in Paris, anschließend Studium der Philosophie an der Sorbonne.

Wird 1941 Mitglied der kommunistischen Widerstandsorganisation der Freischärler und Partisanen.

Tritt 1942 in die Kommunistische Partei Spaniens ein.

Wird 1943 von der Gestapo verhaftet und ins Konzentrationslager Buchenwald deportiert.

Die zweiundzwanzig Monate, die er in diesem Lager verbrachte (diesem Abschnitt seines Lebens ist das 1994 verfaßte Buch *Schreiben oder Leben* gewidmet), werden ihn sein ganzes Leben lang beschäftigen. Nach dem Krieg schließt er sich in einer Einsamkeit ein, die anderen nicht mitteilbar ist: seiner Meinung nach kann die Erfahrung des Konzentrationslagers von denen, die sie nicht selbst erlebt haben, nicht verstanden werden. Er versteht sich selber vor allem als »Deportierter«, »das einzige Charakteristikum meiner Person«.

1945 Rückkehr nach Paris.

Bis 1952 Übersetzer bei der UNESCO.

Er koordiniert von 1953 an im Auftrag des Zentralkomitees der Kommunistischen Partei Spaniens im Exil den geheimen Widerstand gegen Franco, wird später Mitglied des Zentralkomitees und des Politbüros.

Leitet zwischen 1957 und 1962 unter dem Pseudonym

Federico Sánchez die Untergrundarbeit der Kommunistischen Partei im franquistischen Spanien.

Erhält 1963 den Prix Formentor für *Die Große Reise*.

Wird 1964 aufgrund von Divergenzen um die Parteilinie aus der Partei ausgeschlossen. Er widmet sich daraufhin seiner Arbeit als Schriftsteller und Drehbuchautor, der er seine Erfahrungen im Kampf gegen Nazideutschland und das franquistische Spanien – und als ihr Opfer – zugrunde legt.

In Zusammenarbeit mit Alain Resnais (*La guerre est finie*, 1966; *Stavisky*, 1974) und Costa Gavras (*Z*, 1969; *L'Aveu*, 1970; *Section spéciale*, 1975) entstehen zahlreiche Filme. Er wird 1969 für *Der zweite Tod des Ramon Mercader* mit dem Prix Femina ausgezeichnet.

Von 1988 bis 1991 spanischer Kulturminister.

Erhält 1994 den Friedenspreis des deutschen Buchhandels. Für *Schreiben oder Leben* wird ihm 1994 der Prix Femina-Vacaresco und 1995 der Literaturpreis der Menschenrechte zuerkannt.

Lebt derzeit in Paris.

Bibliographie

Le Grand Voyage, Roman, Gallimard, Paris 1963 (Prix Formentor); dt. *Die große Reise*. Roman. Aus dem Französischen von Abelle Christaller, Suhrkamp Verlag, Frankfurt am Main 1994.

La guerre est finie, Drehbuch, Gallimard, Paris 1966.

L'Évanouissement, Roman, Gallimard, Paris 1967.

La Deuxième Mort de Ramon Mercader, Roman, Gallimard, Paris 1969 (Prix Femina); dt. *Der zweite Tod des Ramón Mercader*. Roman. Aus dem Französischen von

Gundl Steinmetz, Suhrkamp Verlag, Frankfurt am Main 1974, 2. Aufl. 1994.

Le Stavisky d'Alain Resnais, Drehbuch, Gallimard, Paris 1974.

Quel beau dimanche!, Grasset, Paris 1980; dt. *Was für ein schöner Sonntag!* Aus dem Französischen von Johannes Piron, Suhrkamp Verlag, Frankfurt am Main 1981, 2. Aufl. 1994.

L'Algarabie, Fayard, Paris 1981; dt. *Algabarabia oder Die neuen Geheimnisse von Paris.* Roman. Aus dem Französischen von Traugott König und Christine Delory-Momberger, Suhrkamp Verlag, Frankfurt am Main 1985.

Montand, la vie continue, Denoël, Paris 1983; dt. *Yves Montand. Das Leben geht weiter.* Aus dem Französischen von Uli Aumüller, Insel Verlag, Frankfurt am Main 1984.

Montand, la vie continue, Neufassung, Gallimard, Paris 1985.

La Montagne blanche, Roman, Gallimard, Paris 1986; dt. *Der weiße Berg.* Roman. Aus dem Französischen von Eva Moldenhauer, Suhrkamp Verlag, Frankfurt am Main 1987.

Madrid: avec Jorge Semprun, Editions Autrement, Paris 1988.

Netchaïev est de retour, Editions Jean-Claude Lattès, Paris 1991; dt. *Netschjew kehrt zurück.* Roman. Aus dem Französischen von Eva Moldenhauer, Rotbuch Verlag, Berlin 1991, 2. Aufl. 1994.

Federico Sanchez vous salue bien, Grasset, Paris 1993 (Friedenspreis des deutschen Buchhandels 1994); dt. *Federico Sánchez verabschiedet sich.* Aus dem Französischen von Wolfram Bayer, Suhrkamp Verlag, Frankfurt am Main 1994.

L'Ecriture ou la Vie, Erinnerungen, Gallimard 1994 (Prix Femina-Vacaresco 1994 und Literaturpreis der Menschenrechte 1995); dt. *Schreiben oder Leben*. Aus dem Französischen von Eva Moldenhauer, Suhrkamp Verlag, Frankfurt am Main 1995.

Filmographie

Als Drehbuchautor:
La guerre est finie (Der Krieg ist aus), Regie: Alain Resnais, 1966.
Z (Z), Regie: Costa-Gavras, 1969.
L'Aveu (Das Geständnis), Regie: Costa-Gavras, 1970.
L'Attentat (Das Attentat), Regie: Yves Boisset, 1972.
Stavisky (Stavisky), Regie: Alain Resnais, 1974.
Section spéciale (Sonderabteilung), Regie: Costa-Gavras, 1975.
Une femme à sa fenêtre (Eine Frau an ihrem Fenster), Regie: Pierre Granier-Deferre, 1976.
Le fond de l'air est rouge, Regie: Chris Marker, 1977.
Les Routes du Sud (Die Straßen des Südens), Regie: Joseph Losey, 1978.
Les Trottoirs de Saturne, Regie: Hugo Santiago, 1985.
Netchaïev est de retour, Regie: Jacques Deray, 1991.

Als Regisseur:
Les deux mémoires, 1974.

Elie Wiesel
Biographie

Geboren am 30. September 1928 in Sighet, einer kleinen Stadt in den Karpaten, die noch lange vom Krieg verschont bleiben wird. Dort verlebt er bis zum Alter von fünfzehn Jahren eine glückliche Kindheit.

Wird 1944 nach Auschwitz und Buchenwald deportiert, wo mehrere Mitglieder seiner Familie umkommen. Er hält an seinen messianischen Träumen fest und bewahrt die Erinnerung an das Lächeln Zipukas, der kleinen Schwester mit dem goldenen Haar, und an den Blick und die letzten Worte seines Vaters – Geheimnisse, die sein ganzes Werk durchziehen und die er erst 1994, im ersten Band seiner *Mémoires*, preisgeben wird.

Wird 1945 von den Amerikanern befreit, lehnt eine Rückkehr nach Zentraleuropa jedoch ab. Verbringt ein Jahrzehnt in Frankreich, von wo aus er enthusiastisch die Geburt des Staates Israel mitverfolgt.

Erlernt den Beruf des Journalisten, unternimmt zahlreiche Reisen, recherchiert, lernt bedeutende Persönlichkeiten und Staatsoberhäupter kennen und freundet sich mit François Mauriac und Golda Meir an.

Übersiedelt Mitte der fünfziger Jahre in die USA. Im Alter von dreißig Jahren gelingt es ihm endlich, sein Leben in der Lagerhölle zu beschreiben (*Die Nacht* und weitere sechsundzwanzig Bücher: Romane, Essays, Porträts, Bühnenstücke usw.). Sein Werk ist der Erinnerung an die Opfer, der Verteidigung der Lebenden und darüber hinaus allen

Unterdrückten gewidmet. In ihm spiegelt sich – ganz wie in seinem Leben – ein mit den Waffen des Mitgefühls, der Liebe und bisweilen auch des Zorns geführter Kampf zwischen Zweifel und Glauben, Hoffnungslosigkeit und Zuversicht, Vergessen und Erinnern wider, der Kampf eines unermüdlichen Zeugen menschlicher Gewalt, der aber auch von einem befriedeten, idealen Jerusalem träumt. Alle seine Bücher sind in französischer Sprache geschrieben.

Er erhält 1968 den Prix Médicis für *Le Mendiant de Jérusalem* und 1980 den Prix du Livre Inter und den Prix des Bibliothécaires für *Le Testament d'un poète juif assassiné* (*Das Testament eines ermordeten jüdischen Dichters*). 1994 erscheint der erste Band seiner *Mémoires: Tous les fleuves vont à la mer* (*Alle Flüsse fließen ins Meer. Autobiographie*).

Er ist seit 1963 amerikanischer Staatsbürger. Inhaber eines Lehrstuhls für Humanwissenschaften an der Universität Boston und Vorsitzender der Washingtoner Holocaust-Kommission. Träger zahlreicher internationaler Preise, insbesondere des Internationalen Friedenspreises 1983 für *Le Testament d'un poète juif assassiné* (1980) und *Paroles d'étranger* (1982) sowie des Friedensnobelpreises 1986, der ihm einstimmig zuerkannt wurde.

Bibliographie

La Nuit, Témoignage, Editions de Minuit, Paris 1958; dt. *Die Nacht*. Roman. Aus dem Französischen von Curt Meyer-Clason, Herder, Freiburg 1996.

L'Aube, Erzählung, Seuil, Paris 1960.

Le Jour, Roman, Seuil, Paris 1961.

La Ville de la chance, Roman, Seuil, Paris 1962 (Prix Rivarol 1964); dt. *Gezeiten des Schweigens*. Roman. Aus dem

Französischen von Curt Meyer-Clason, Herder, Freiburg 1987, 2. Aufl.

Les Portes de la forêt, Roman, Seuil, Paris 1964; dt. *Die Pforten des Waldes*. Aus dem Französischen von Curt Meyer-Clason, Berlin, Wien 1986.

Les Juifs du silence, Bericht, Seuil, Paris 1966.

Le Mendiant de Jérusalem, Roman, Seuil, Paris (Prix Médicis 1968).

Zalmen ou la Folie de Dieu, Stück, Seuil, Paris 1968.

Entre deux soleils, Aufsätze und Erzählungen, Seuil, Paris 1970.

Célébration hassidique, Porträts und Legenden, Seuil, Paris 1972.

Le Serment de Kolvillag, Roman, Seuil, Paris 1973.

Ani Maamin, un chant perdu et retrouvé, Kantate, Random House 1973 (zweisprachig).

Célébration biblique, Porträts und Legenden, Seuil, Paris 1975.

Un Juif aujourd'hui, Berichte, Essays, Gespräche, Seuil, Paris 1977.

Le Procès de Shamgorod, Stück, Seuil, Paris 1979.

Le Testament d'un poète juif assassiné, Roman, Seuil, Paris 1980 (Prix du Livre Inter 1980; Prix des Bibliothécaires 1981); dt. *Das Testament eines ermordeten jüdischen Dichters*. Aus dem Französischen von Hanns Becker, Herder, Freiburg 1991.

Contre la mélancolie, Célébration hassidique II, Seuil, Paris 1981; dt. *Geschichten gegen die Melancholie. Die Weisheit der chassidischen Meister*. Aus dem Französischen von Hanns Becker, Herder, Feriburg 1996, 3. Aufl.

Le Cinquième Fils, Roman, Grasset, Paris 1983; dt. *Der fünfte Sohn*. Roman. Aus dem Französischen von Hanns Becker, Herder, Freiburg 1992.

Signes d'exode, Essays, Geschichten, Gespräche, Grasset, Paris 1985.

Job ou Dieu dans la tempête, gemeinsam mit Josy Eisenberg, Fayard-Verdier, Paris 1986.

Discours d'Oslo, Grasset, Paris 1987; dt. *Gesang der Toten. Erinnerungen und Zeugnis.* Mit den Nobelpreisreden von Oslo. Aus dem Französischen von Christian Sturm. Aus dem Englischen von Rudolf Walter, Herder, Freiburg 1989, 2. Aufl.

Le Crépuscule au loin, Roman, Grasset, Paris 1987.

Paroles d'étranger, Texte, Erzählungen, Gespräche, Seuil, Paris 1989.

L'Oublié, Roman, Seuil, Paris 1989; dt. *Der Vergessene*. Roman. Aus dem Französischen von Hanns Becker, Herder, Freiburg 1993.

Célébration talmudique, Porträts und Legenden, Seuil, Paris 1991; dt. Adam oder das Geheimnis des Anfangs. Legenden und Porträts. Aus dem Französischen von Hanns Becker, Herder, Freiburg 1994, 2. Aufl.

Célébrations, Porträts und Legenden, Seuil, Paris 1994.

Noah oder ein neuer Anfang. Biblische Porträts. Aus dem Amerikanischen von Reinhold Boschki, Herder, Freiburg 1994.

Tous les fleuves vont à la mer, Memoiren, Seuil, Paris 1994; dt. *Alle Flüsse fließen ins Meer. Autobiographie.* Aus dem Französischen von Holger Fock, Brigitte Grosse, Sabine Müller, Hoffmann und Campe, Hamburg 1995.

Die Weisheit des Talmud. Geschichten und Portraits. Aus dem Französischen von Hanns Becker, Herder, Freiburg 1996, 2. Aufl.